ALMA EN PENA

ALMA EN PENA

Cuentos de misterio en lugares sobrenaturales

JORGE A. ONTIVEROS

HISPANIC INSTITUTE OF SOCIAL ISSUES
MESA, ARIZONA • 2024

FIRST EDITION

Alma en pena, cuentos de misterio en lugares sobrenaturales

Copyright © 2024 Jorge A. Ontiveros

Hispanic Institute of Social Issues
123 N. Centennial Way, Ste. 105
Mesa, AZ 85201-6746
(480) 939-9689 | HISI.org

Cover & book interior designed by Yolie Hernandez
yolie@hisi.org

Library of Congress Control Number: 2024942652

Paperback ISBN: 978-1-936885-59-6

All rights reserved, including the right of reproduction in whole or in part in any form.

Printed in the United States of America.

A mi hermano Luis Carlos Ontiveros

Indice

ALMA EN PENA

Mi otro yo 1
Código Azul 3
El tornillo 5
El panteón de los nonatos 8
Remolino de sentimientos 10
El invitado 12
Alma en pena 14
Tiro Fijo y el Carnicero de Rostov 17
Tiro Fijo y el Descuartizador de Odessa 19
Sobreviviente 22
El perseguidor invisible 24
El día perfecto 26
El camino del mal 29

El lobo de dos cabezas 32
Terror de la cordillera 34
La muerta 36
Pueblo fantasma 37
La mano ensangrentada 39
Siete años 42
Desolación 44
Juegos de ADN 46
La imagen de la cañada 48
Vientos chismoceros 51
La noche de los tiempos 53
El portal de Aureliano 55
Tres deseos 57
Las odiseas del tío Eulalio 59
Mariposa del desierto 61
El rinoceronte de Detroit 63
El ingrediente sorpresa 66
Sobre el autor 69

ALMA EN PENA

Mi otro yo

SOÑÉ QUE BAJABA POR *EL CARACOL*. Con treinta y tres años de edad, regresaba de California, donde había vivido desde los trece años, a mi pueblo natal, Parral, Chihuahua. Caminé por la calle Independencia y pasé por la Iglesia de San José. Pero, al llegar a la calle Mercaderes, ¡todo se volvió borroso!

Me vi como un adolescente, perdido en un pueblo indiferente y hostil hacia los seres humanos. Pronto, encontré la calle Centenario y caminé por la barda donde, un fatídico sábado, el Mastique, amigo de mi tío Pepe, se lanzó al vacío tras enterarse de la muerte de su mejor amigo en un accidente laboral, desnucándose en la caída.

Finalmente, llegué a la casa marcada con el número cincuenta y cuatro, y toqué la puerta hasta que mi tía Socorro abrió. Desde otra alcoba, salió mi abuela, sorprendida al verme.

—¿Qué está haciendo aquí, mi hijo?

—Vine a ver a mi tío José —le contesté.

—Váyase a dormir. Mañana vendrá la gente para llevar a su tío al panteón. Tengo dos ataúdes más, si es necesario, para usted y para mí.

—Abuela, yo todavía no estoy listo.

—Nadie lo está. Tenemos los días contados y una fecha de caducidad.

Fui a ver a mi tío, abrí el ataúd y lo vi a través del vidrio, solemne y bien afeitado; su cabello negro parecía una ala de cuervo. Se miraba sudor en la frente. Ya tenía tres días muerto, pero esperaban a su madre de tierras lejanas, por eso no lo habían sepultado. El olor a cadáver ya empezaba a llenar el ambiente, algo que nunca se olvida.

Al día siguiente, enterraron dos ataúdes. Mi abuela y otros familiares lloraron las pérdidas. En uno de ellos, me llevaban a mí; había vuelto para morir junto al tío que más había querido.

En California, desperté del sueño y pensaba: ¿vivimos en mundos paralelos o mi otro yo está en otro planeta, o en otra parte de la tierra? ¡Nadie lo sabe! Son los misterios del Todopoderoso. Desde entonces, mis sueños recurrentes han desaparecido, desde que mi otro yo murió en tierras lejanas.

El Caracol: autopista en Chihuahua, México, así llamada por su bajada.

Código Azul

C**UANDO DESPERTÉ DE UN COMA INDUCIDO,** caminé desde la Región Lagunera, pasando por Torreón, Gómez Palacio y Lerdo. Los mercados estaban sin fruta, sin gente, sin ratas, ¡nada! Era como si la gente hubiera huido hacia el Norte o el Sur, o como si ahí hubiera ocurrido una catástrofe. Fui recogiendo lo que pude: latas, armas, fósforos, todo para sobrevivir.

Me dirigí hacia el Norte, donde siempre he sido fuerte. Me perdí en zonas áridas, creo que era Durango. Vi ríos de polvo y polvaredas, junto con un gran cantidad de objetos que la gente iba dejando en su éxodo: zapatos, mochilas, latas vacías. No sabía hacia dónde se dirigían. Entre las cosas abandonadas se percibía ansiedad, miedo y desesperación.

Con el tiempo, fui perdiendo el miedo y ganando más amor por la vida. Llegué a una zona desértica donde las cosas insignificantes valían su peso en oro: fósforos, el valor, el agua y otros elementos similares.

Vi a pocos sobrevivientes; muchos robaban todo y obtenían a la fuerza buenas chamarras o botas. Por mi estatura y juventud, nadie intentaba meterse conmigo. Aprendí el arte del trueque: cerillos y una lata de ciruelos por un trozo de carne.

Me adentré en un desierto, no sé en qué estado. Envuelto en una ventisca, encontré una cantina llamada "El Código Azul" (*Code Blue* en inglés). "Qué chistoso", pensé, "de esto podría hacer una canción".

A lo lejos, vi un hospital en el que se escuchaba: «¡*Code Blue!*, ¡*Code Blue!*»*,* mientras yo me adentraba en el desierto mágico, repitiendo *"¡Code Blue!, ¡Code Blue!"*

Code Blue: código de emergencia hospitalaria que indica que un paciente está en condición crítica y necesita atención médica inmediata.

El tornillo

ME DESPERTÉ CAMINANDO en una clase de escalera ascendente, que daba vueltas muy extrañas. Los que caminaban hacia arriba ni se hablaban ni se miraban, y los que iban hacia abajo tampoco. Nadie se acercaba a las orillas, por el voladero.

Yo pregunté:

—¿En dónde estamos?

Nadie sabía. Nadie había llegado a la cima ni al fondo.

Decidí hacer lo que todos hacían, y me senté a esperar. ¿A esperar qué? Mi profesora Celia hablaba de la inmortalidad del cangrejo. Este juego era como una torre metálica, un tornillo gigante o pieza de acero retorcido, impresionante.

Un día me cansé y decidí descansar. Vi un hotel con mil puertas, cada una con letreros que representaban diferentes aspectos de la vida: veinte puertas para tus romances, otras veinte para tu verdadera profesión, tu religión, tu género real, tus gustos, si eres sociópata o te gustan los juegos de adrenalina.

En el centro del hotel, vi muchas divinidades, porque al nacer no tenemos respuestas, sino que nos arrastramos aprendiendo; cayendo,

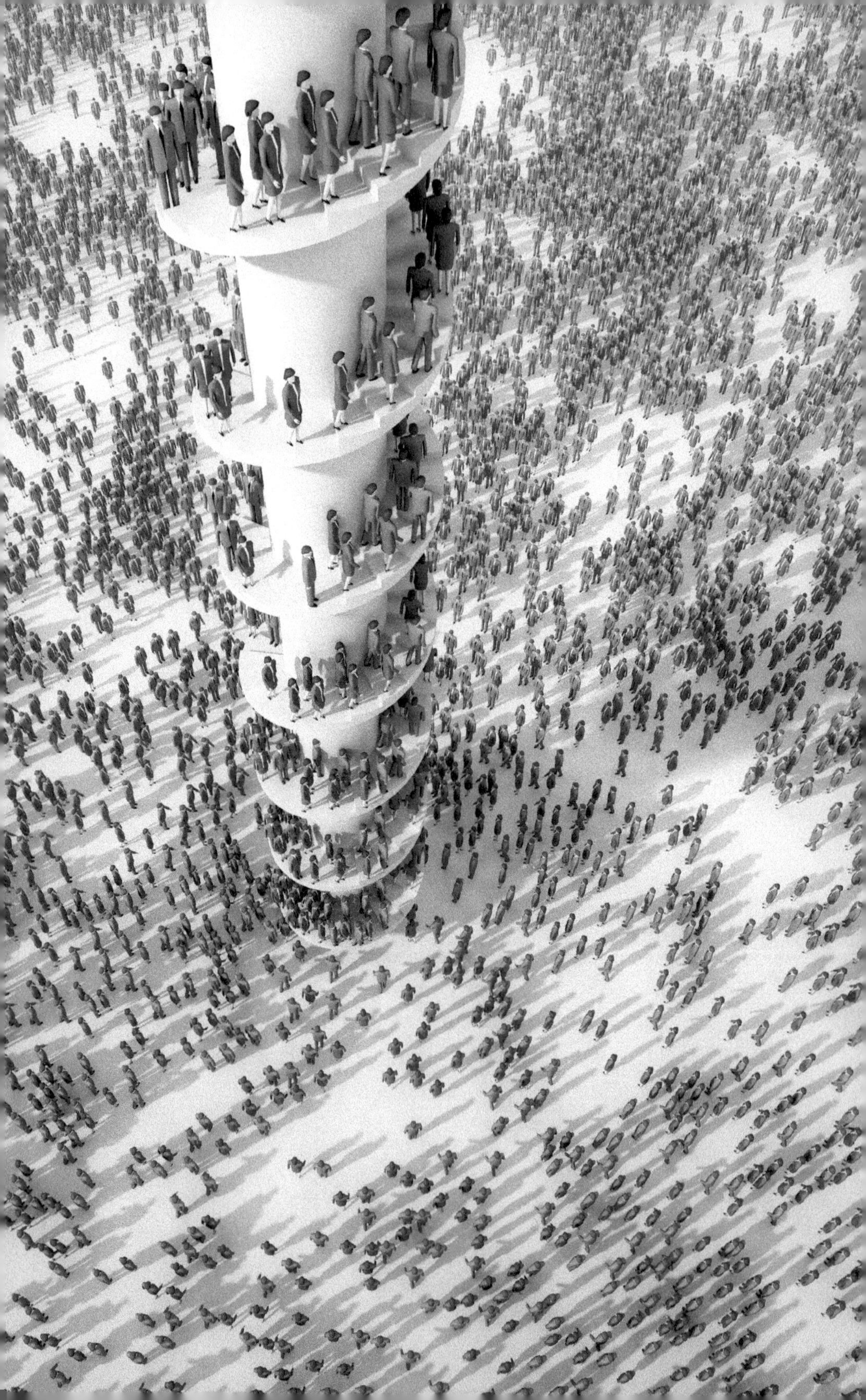

encontramos respuestas. Sufrimos humillaciones y desengaños, mientras unos semidioses juegan con nuestra suerte, dándonos migajas de éxito y compañeras sentimentales que no concuerdan con nosotros. Algunos llegan al éxito muy viejos, o alcanzan todo y heredan sus fortunas a alguien que no lo merecía.

El tornillo de la vida es un despertar—la vida será dura, pero nunca absurda.

El panteón de los nonatos

DESPUÉS DE SOBREVIVIR AL CONFLICTO armado de la Revolución mexicana y a la epidemia de influenza española en 1918, mi abuela paterna, Manuela Rodríguez, Ala de cariño, murió en 1982, cerca de los ochenta y cuatro años. Mi problema es que, a pesar de haber muerto, mi abuela siempre me seguía, ya sea de día o de noche. A cualquier hora de la noche, la veía rezando con su rosario, sin mirarme nunca. Siempre intentaba decirme algo, pero solo balbuceaba y no salía nada entendible de su boca.

Al principio era aterrador, pero con el tiempo se fue normalizando. Solo me ponía los pelos de punta cuando entraba o salía de una pared. En vida, ella me contó cómo vio a su hermana salir de una caballeriza con el chal cubriéndole la cabeza, que caía solemne sobre sus hombros, con la mirada perdida. Eso ocurrió unos días antes de la muerte de su hermana.

A veces venía en sueños y me decía: "No me debí haber muerto todavía", y se iba. Siempre la veía flotando sobre el suelo.

Un día me dijo:

—Tu casa está llena de mala energía. Yo estuve sufriendo de un mal espíritu en el rancho el Hormiguero. A veces me levantaban de la cama en vilo, hasta que un sacerdote jesuita me enseñó una oración: 'Jesús, enemigos veo que tú has de ahuyentar; sangre de mis venas quieren, yo no se las quiero dar. Alabado sea el Santísimo Sacramento del altar'. Repetía constantemente ese conjuro hasta que el bicho que salía de la pared y me despertaba desapareció.

En una ocasión, decidí ir con ella por las desconocidas calles de la vida.

—Abue, ¿a dónde vamos? —le pregunté.

—Te mostraré, pero no hagas ruido. Vamos al panteón de los niños que no nacieron. Mira sus cajas de cristal, niñitos rosados con caritas de ángeles. Aquella sección es para las niñas, y aquí está la de los más esperados que nunca llegaron a nacer. Míralos con sus ropones, algunos esperando el más ansiado abrazo de sus madres. Esto es lo que hago por la eternidad. ¡Hasta aquí me acompañas! Si estás de aquel lado, ya no hay retorno.

—Adiós, abuela.

—Adiós, mi hijo. El Todopoderoso todavía tiene muchos amaneceres para ti.

Desperté a un nuevo día y una nueva esperanza.

Nonato: según el DRAE, personas no nacidas aún o no existentes. No nacido de forma natural, sino extraído del útero materno.

Remolino de sentimientos

YA SEMI JUBILADO, COMENCÉ A TRABAJAR en un hospital en el condado de San Gabriel, California. A veces me pedían ayudar al personal a transportar cuerpos a la morgue, ya fueran de adultos o de infantes, y a mi manera les daba su despedida.

Trabajaba el turno vespertino, de tres de la tarde a once de la noche, y me sentía feliz. Mis hijos ya tenían sus propias familias, y yo vivía en un pequeño departamento de soltero con dos mascotas.

Como guardia de seguridad, llevaba mi vida con mucha rectitud. Aquella tarde pasé por un puente donde antes corría un frondoso río; ahora apenas era un miserable riachuelo. No recuerdo si fue en La Puente, Pomona o El Monte; todos esos nombres de la época cuando los españoles controlaban la Alta California.

Una tarde-noche, en el hospital, me llamaron para ayudar a transportar un cuerpo a la morgue. Llegué al fatídico cuarto 13 del primer piso. Ya estaban metiéndolo en una bolsa negra de hule; le di su adiós a mi manera, apretando mi cruz con la mano izquierda según mi fe cristiana, y en la mano derecha mi amuleto pagano, regalo de una indígena peruana. Ya entrado en la tercera edad, no quería deprimirme. Agradecía al Altísimo por tener una vida laboral justa.

Ya en la morgue, dejamos el cuerpo en un estante, y me quedé para orar mis plegarias. De la noche llegó la mañana, y comencé a oír voces por todas partes: "¡No debí haber muerto todavía!" o "¿Qué será de mis hijos?". La situación se tornaba tenebrosa, pues yo no lograba dar con la salida; solo veía luces caleidoscópicas y túneles de luz, mientras se escuchaban cánticos gregorianos religiosos. Mentalmente, regresé a mi infancia y recorrí toda mi vida. Estaba inmerso en un remolino de sentimientos.

¡Me retrasé más de un día! Pensé que seguramente me despedirían de mi trabajo por haber abandonado mi puesto. En eso sentí la mano de un anciano que me dijo: «Ya no pelees más, estás en un lugar mejor. Descansa sin pesar, hijo mío, ya ponte a descansar. Basta con el afán del día, que con él llegará la calma. Tus pesares descansarán para siempre en este lugar».

El invitado

L**LEGUÉ A RUMANÍA POR LA NOCHE** y me dirigí a mi hotel para sacudirme el cansancio del viaje; dormí hasta mediodía. Estaba en Bucarest, a unos ciento ochenta kilómetros del castillo del monstruo y terror de los turcos: el legendario Drácula. El taxista que me condujo hasta aquella fortaleza medieval era muy supersticioso y nervioso; hablaba una mezcla de rumano y castellano. Le dije que volviera por mí a las cinco de la tarde. Me dejó a casi un kilómetro del castillo y tuve que caminar el resto del trayecto.

Cuando finalmente llegué, los portones del jardín estaban abiertos. A la distancia, una puerta entreabierta parecía invitarme a entrar en una especie de capilla o salón. Había una mesa preparada para unos quinientos invitados, llena de velas, cirios y veladoras; eran como mil. Claramente, alguien había invertido horas en encenderlas. En el centro, había un ataúd suntuoso cubierto de elegante ante negro y caoba. Me acerqué para observar al personaje dentro. Era de mediana estatura y tenía puesta una capa de seda roja de un lado y de seda negra inmaculada del otro. Parecía como si acabara de fallecer, aunque ya tenía siglos muerto. La palidez del rostro lo hacía imponente. Vestía una camisa blanca, un corbatín y un *fistol* de oro coronado con un rubí.

Tuve dos sensaciones intensas: quedarme por unas horas ante esa escena indescriptible o huir. Opté por la segunda, justo cuando el jardinero estaba por cerrar. El taxista ya me esperaba, y le agradecí rápidamente antes de partir.

De vuelta en el hotel, me preparé para mi viaje de regreso a Estados Unidos. Días después, ya de vuelta en casa, recibí una sorpresa inesperada: encontré un sobre sin remitente, que contenía un fistol de oro coronado con un diamante azul por haber asistido a la celebración. ¡No sé cómo dieron con mi dirección! Esto me desconcertó profundamente. Más tarde descubrí que yo había sido el único invitado a esa extraña celebración en el castillo.

Fistol: adorno o broche hecho de oro o plata, a menudo incrustado con piedras preciosas, utilizado en prendas de vestir como corbatas.

Alma en pena

ME BAJÉ. SIN QUERER, había venido desde la isla Catalina siguiendo a mi sobrino. El tren parecía cómodo, y en una de las bajadas y subidas, me bajé a ver esos paisajes que quitan el resuello. El tren me dejó, y no quise correr a seguirlo. No era la primera vez, antes de ser una alma en pena. Fue en el año sesenta y tres cuando iba con Alicia, mi esposa. Le pregunté a mi querida:

—¿Para dónde vamos?

Ella respondió:

—Al cementerio, a sepultarte.

Ahí mismo, en la Calle Independencia, me bajé de la carroza fúnebre con mucho miedo y me escondí en los socavones de las minas. Todos mis familiares se fueron desapareciendo del pueblo; yo los seguí. No sé cómo llegué a las Californias y me fui a la isla Catalina, a Anacapa, a vivir allí. Ahí la paso con frío y temor, pero sobrevivo las inclemencias del tiempo.

En Ventura, en los acantilados, viven muchos gatos. Ahí la paso con el miedo y la desesperación de una alma en pena. Nado en las obscuras noches hasta la isla Catalina. Cuando me sumerjo en las profundidades y no salgo por mucho tiempo, me preocupo, porque no quiero morir, aunque me doy cuenta que no puedo morir dos veces. Los pececillos me ven con curiosidad mientras nado, hasta que finalmente llego a la isla. Ahí solo hay borregos que parecen percibir mi presencia, pero los ahuyento a pedradas.

    Las noches son húmedas, con un leve reflejo en los cuartos de luna. Mañana regresaré a Ventura, a mi vida, a mi playa, a mis acantilados.

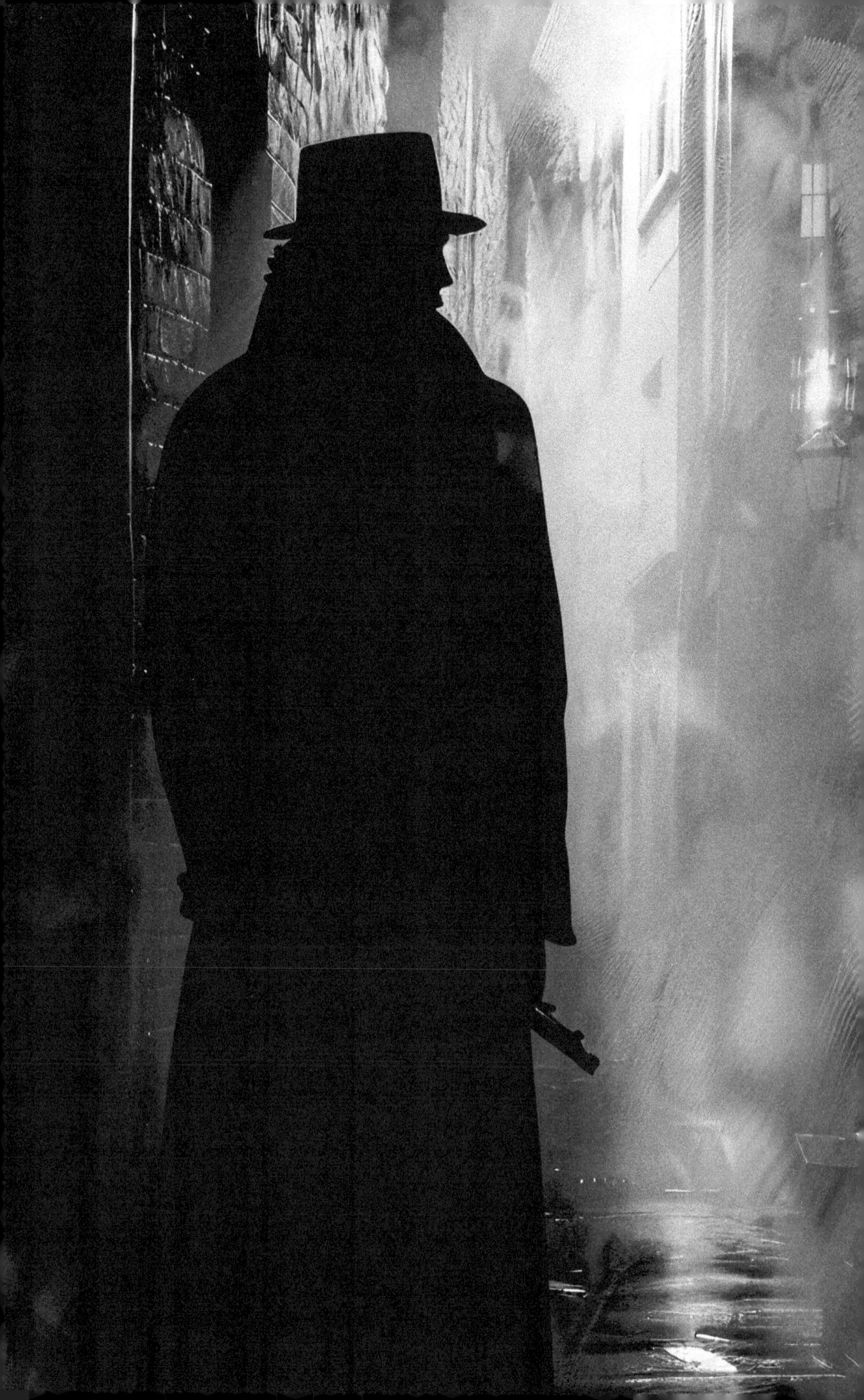

Tiro Fijo y el Carnicero de Rostov

EN RUSIA, EL PAÍS COMUNISTA del que menos se esperaba, se desató una ola de crímenes, violaciones y muertes de mujeres, adolescentes y niños. Ya había pasado tiempo y no se podía dar con el rastro de un violador asesino. Se hizo de todo, pero la larga lista de jóvenes víctimas aumentaba, y del asesino, ¡ni sus luces! Las autoridades rusas tuvieron que doblar el orgullo y pedir ayuda a los Yankees, que contaban con un nuevo sistema recién descubierto para localizar a los matones.

El Buró Federal de Investigaciones (FBI) había creado un nuevo método de identificación de ADN, que también buscaba determinar el motivo, el lugar y muchos otros detalles para localizar sospechosos. Los asesinos en serie eran divididos en cuatro tipos: hedonistas, visionarios, misioneros y autoritarios.

"Perfiles" era el nombre de aquel método que los estadounidenses habían ideado y descubierto. No obstante, debido al tipo de crímenes que sucedían en Rusia, tuvieron que llamar a Tiro Fijo, el famoso detective universal que sabía de "bestias salvajes", asesinos seriales y psicópatas.

Tiro Fijo ofrecía esta explicación: «Estos individuos son fuertes como un hombre de treinta años, pero inteligentes como viejos de ochenta. Son astutos y escurridizos como zorras, hábiles en sus acciones y palabras, porque siempre juegan a los alebrijes en su mente. No saben diferenciar entre el bien y el mal; nunca actúan por emoción, ni fuera de lugar, o porque los saquen de sus casillas. Poseen inteligencia, reflejos y disciplina inmensurables, todo esto sin salirse de sus parámetros imaginarios".

Por su vasta experiencia, Tiro Fijo decidió colaborar con el FBI, bajo la condición de que su nombre no se mencionara en los medios de comunicación ni en las redes sociales.

Ya en Rusia, Tiro Fijo y un grupo de agentes rusos y estadounidenses llegaron a una zona de entre diez a veinte millas de radio. Ahí se habían perdido las víctimas y encontrado sus cuerpos mancillados; cerca de cincuenta mujeres, jóvenes y niños. Tiro Fijo dedujo que el asesino debía ser una persona de aspecto respetable, un individuo autoritario para que los adolescentes lo obedecieran.

Más tarde, mientras hacía indagaciones en una estación de tren, Tiro Fijo se encontró con un maestro de aspecto agradable, vestido con corbata y con anteojos gruesos. El detective de inmediato indicó a las autoridades rusas que ese hombre era el violador-asesino buscado. Durante varios días, tuvieron al sospechoso bajo interrogatorio, haciéndole preguntas claves y análisis con el método de identificación de ADN, "Perfiles". Finalmente, confirmaron que ese hombre era a quien buscaban. Le hablaron sobre su familia, pero él dijo que nada tenían que ver con los crímenes.

Andréi Chikatilo, el Carnicero de Rostov —como lo llamaron los medios—, fue acusado de más de cincuenta y seis asesinatos, pero hallado culpable solo de cincuenta y tres. Fue condenado a muerte y ejecutado de un tiro en la cabeza.

Cuando los medios internacionales informaron sobre la captura del Carnicero de Rostov, esta fue atribuida únicamente al FBI. El nombre de Tiro Fijo nunca se mencionó.

Nota: Esta historia se basa en parte en hechos reales, pero ciertos detalles y aspectos han sido ficcionalizados por el autor con fines narrativos.

Tiro Fijo y el Descuartizador de Odessa

LAS MUERTES DE MUJERES EN CIUDAD JUÁREZ, Chihuahua, México, habían cesado casi por completo. Ahora, los dueños de las maquiladoras enviaban a las trabajadoras más bonitas a otras fábricas en Texas, Estados Unidos, y de ellas nunca se volvía a oír más. Aparte de atractivas, tenían que ser huérfanas para que nadie las fuera a extrañar. Eran muchachas del campo, sin mucha educación. Requisitos mínimos: solo ser jóvenes y guapas.

Mientras investigaba, el implacable detective Tiro Fijo había observado cadáveres de mujeres, mutilados con catanas, sables de la vieja usanza japonesa. Se sabía que algunos dueños de maquiladoras eran del País del Sol Naciente.

Un descuartizador, hijo de un billonario texano dueño de pozos petroleros, un "júnior" aficionado a gastar —mejor dicho *a derrochar*— mucho dinero de su progenitor, tenía un fetiche difícil de comprender. A leguas se observaba que él no era cien por ciento normal (por sus obras los conoceréis...). En pláticas con sus amigos, mencionaba algo sobre unos 'arbustos': "En la madrugada, después de las tres, se desprenden sombras para caminar por las calles fatídicas llenas de malicia, de podredumbre, sombras que causan terror y dolor. ¡El crujir de dientes sale a relumbrar, ja, ja, ja!"

A Tiro Fijo le llegaron rumores sobre el Descuartizador de Odessa. Ya tenía tiempo tratando de localizarlo, sin éxito; el criminal siempre estaba a un paso adelante, como si entrara a otra dimensión o como si fuera el mítico Abominable Hombre de las Nieves, que siempre sabía eludir a todos.

Cuando finalmente dio con su paradero, fue en una agencia funeraria. Tiro Fijo quiso ir solo, sin apoyo de la policía local. Lo que encontró lo dejó perplejo: en la parte trasera de ese lugar, ¡había un centenar de niños para su venta en Internet! Su destino era países como Israel, donde el agua pesada destruye los riñones. Los traficantes utilizaban a niños mexicanos para el tráfico de órganos. Es sabido que centenares de niños y adolescentes desaparecen en México cada año. También, en ese inmueble clandestino, había una docena de mujeres jóvenes para el placer y la lujuria. Cuando se aburría, el Descuartizador de Odessa las aniquilaba con tortura y alevosía.

El psicópata se valía de un amuleto que lo transportaba a la antigua Inglaterra de 1888, a tiempos de Jack el Destripador, o al futuro al año 2666. Como acto inverosímil, el descuartizador estaba en ese momento en la ciudad de Odessa, Texas —a unos cuatrocientos cincuenta kilómetros de Ciudad Juárez—, para perpetrar sus descabelladas locuras.

Cuando Tiro Fijo lo tuvo enfrente, un duelo entre ambos se hizo realidad. Fue un enfrentamiento sin armas: solo habilidad y fuerza física. Tiro Fijo lo tuvo en el suelo tras los primeros golpes, después lo amarró, y logró sacar de las mazmorras a las mujeres y los niños. Después destruyó la llave o amuleto que lo transportaba en el tiempo, pues sabía que allá ayudarían al criminal. Después, lo dejó sin pies ni manos, gritándole:

—¡Para que sientas lo que estas mujeres sintieron!

El psicópata se revolvía en el suelo de dolor.

Tiro Fijo pidió a las mujeres que llamaran a la policía:

—¡No digan nada de mí, su ángel vengador! Háganse cargo de los niños si pueden, que lleguen a sus casas y Dios las cubra con su manto.

El detective de nuevo desapareció y, en unas horas, ya estaba en el Parque Público Federal El Chamizal de Ciudad Juárez.

Sobreviviente

Los sueños y sobresaltos de aquella mujer fueron de malo a peor, de feo a terrible. Estaba internada en un hospital militar, resguardada por oficiales del ejército estadounidense. Primero en El Paso, Texas, en la base militar Fort Bliss, y después en una zona secreta en Nuevo México. Era la única víctima que había escapado del psicópata de Ciudad Juárez, México, culpable de la muerte de unas doscientas mujeres. El asesino cruzaba de El Paso a Ciudad Juárez y viceversa. En esos tiempos, todos los habitantes estaban aterrados y se decían: "¿Se escapó o lo dejaron ir?".

Por lo general, a las mujeres les cercenaba el pezón izquierdo antes de matarlas, pero a ella la había dejado ir. La interrogante era: si un ave de rapiña nunca deja libre a su presa hasta aniquilarla y destrozarla, y esas bestias solo escogen a las más guapas —aunque el mundo está lleno de gordas y feas—, ¿por qué dejó ir a Sara, si ella lo tiene todo?, especulaban los psicólogos.

Por semanas, mientras se recuperaba, casualmente, durante una conversación con un psicólogo, él le preguntó por qué pensaba que, de entre cientos de mujeres, a ella la habían encontrado con vida.

Sara contestó:

—Tuve mucha cabeza fría. Hubo una conexión, no de terror ni de sumisión, sino de amistad y familiaridad, como una *cofradía*. Hice un trato para ser su amiga, hermana o socia en sus asuntos, por eso no encajé entre sus víctimas; él buscaba ver en mis ojos un terror descomunal, pero acallé los miedos que todos llevamos dentro. Sí hubo abuso y ultraje, pero al ver que yo no reaccionaba, me dejó ir e incluso se disculpó. Fue cerca de la curva de San Lorenzo, en Ciudad Juárez. "Recuerda, cuando quiera, te puedo volver a encontrar", me advirtió el asesino. Aunque creo que son varios, no es solo uno; por eso me es difícil tratar de identificarlo—.

Meses después, Sara se perdió en California.

Algunos de esos monstruos, enfermos psicópatas, fueron posteriormente encontrados; sin embargo, el principal, si no ocupa un importante puesto público, es un faldilludo del clero. Dios bendiga a tanto esqueleto de niños y mujeres que por las noches forman un clamor en el Desierto de Samalayuca.

Cofradía: grupo de personas que comparten un interés o propósito común, a menudo relacionado con actividades religiosas o caritativas.

El perseguidor invisible

EL SACERDOTE ME ESCUCHABA CON ATENCIÓN.
—¿Tú dices —me preguntó— que tu moza vive en tu mente y sólo la ves en sueños?

—Sí —le respondí—, pero hay un loco que siempre la persigue. Nadie me toma en serio, sólo mi psicólogo. Cada noche es la misma historia. Él, de ruina en ruina, corre detrás de nosotros durante meses. A veces nos alcanza y otras veces lo evitamos. Un día fui al mercado de Tepito. Allí contraté a dos asesinos a sueldo y, con la ayuda del psicólogo, nos transportamos a la tierra de la nada. Mi moza, los asesinos a sueldo, el psicólogo y yo luchamos contra él; pero evadía nuestras trampas. En una región remota, construimos una casa-castillo de piedra y cal para encerrarlo. Ahora no puede escapar.

—Entonces ya todo está bien —dijo el cura.

—Sí y no —le respondí—. Todos estamos bien, sólo uno de los gatilleros se quedó allá y necesito regresar para traerlo de vuelta.

—¿Por qué se quedó allá? —insistió el cura.

—No lo sé —respondí—. Creo que hasta en los criminales hay integridad. El psicólogo está cansado y ya no quiere ayudarnos. Necesito la ayuda de un sacerdote y otro psicólogo para que me ayuden a ir por el asesino y asegurarme de que no se quede en el otro lado. Allí sólo hay maldad y falta de valores.

El día perfecto

Jacinto se había despertado con mucha alegría. Le llegaron noticias de muchas partes, para enterarlo de que había heredado fincas y otros bienes de familiares lejanos. ¡Hasta dos perros exóticos de Mongolia! Todo el día estuvo alegre, entusiasmado con la noticia. Era un martes trece.

La premonición estaba incorrecta, puesto que era un día de regocijo, no de mala suerte. Fue al hipódromo y ganó, fue al casino y volvió a ganar. Siete de diez apuestas las ganaba a cada rato. Se tuvo que apurar, pues el día estaba terminando.

En la calle, se fue al *volado* con un dulcero y también le ganó. Incluso le llamaron de la presidencia para postularlo a gobernador, pero ignoró el llamado, pues era un hombre sencillo y esos asuntos lo ponían nervioso. Como a las once de la noche, y con una gran fortuna, esperaba que se terminara el día, y con él, esa gran dicha.

Ese día el Creador lo bendijo, pero lo más importante, a la que iba a ser su esposa, la perdió. Se dispuso a darlo todo por tenerla a ella. De noche, entre sueños, ella le decía haber estado con él: "La mujer que te atendió, y te dio a ganar en el casino, era yo. El alma de tu amada estuvo

El día perfecto

conmigo. Es difícil que lo entiendas; pero vine a verte por unos momentos. Nos vemos pronto Jacinto, disfruta de tu fortuna".

Volado: según el Diccionario de Mexicanismos, es la acción de echar a la suerte con una moneda que "vuela" en el aire. Se dice que algunos vendedores ambulantes, especialmente aquellos que venden dulces de merengue, tienen mucha suerte en los "volados".

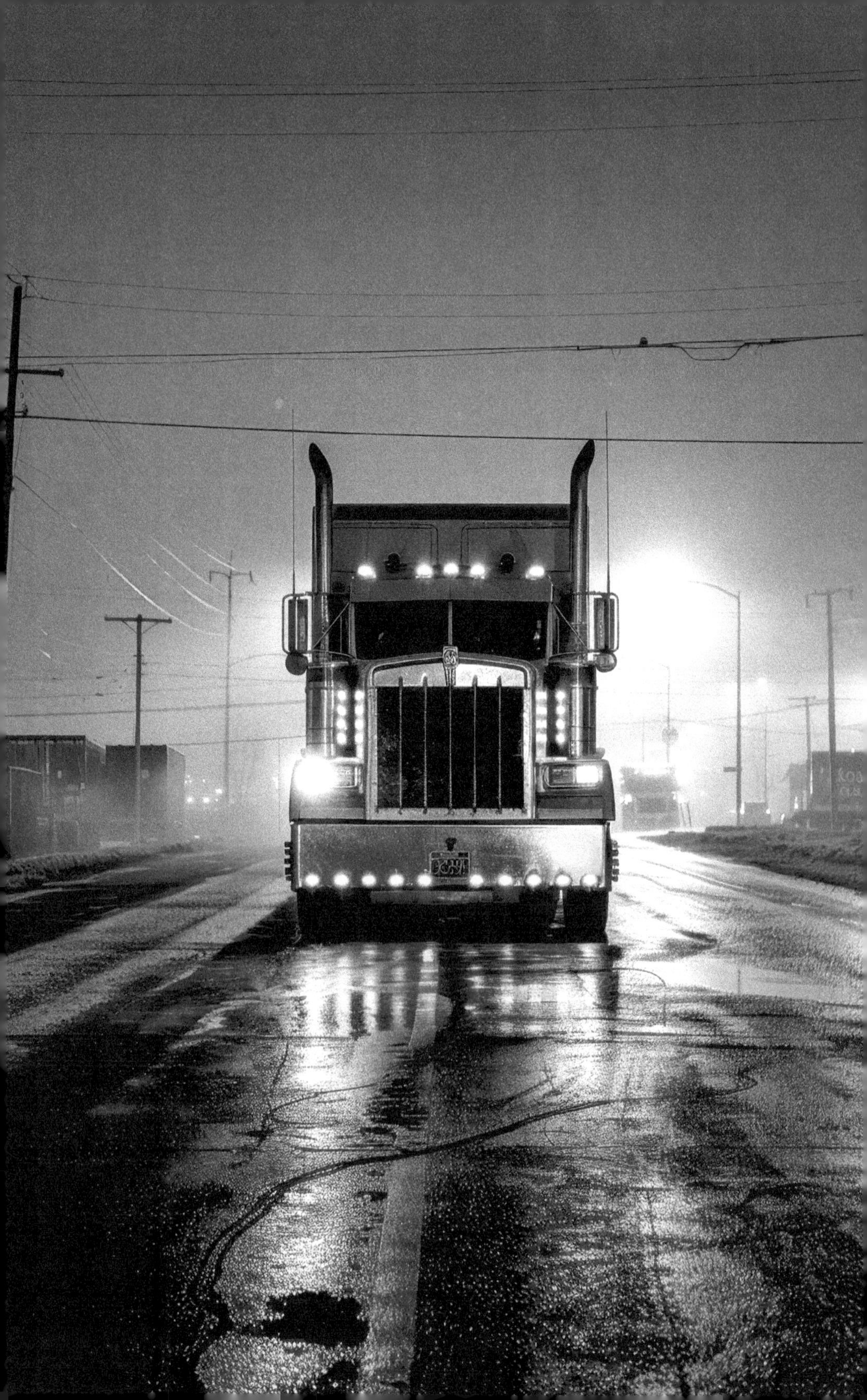

El camino del mal

ESA NOCHE CRUCÉ LA FRONTERA en el Puente Libre de El Paso, Texas. Me dirigí a una bodega donde se podía comprar *fayuca*. Después de llenar el camión con electrónicos y chácharas hasta el tope, emprendí el viaje de regreso a México para revenderlos.

En el camino al Valle de Texas, ya de noche, tomé la carretera equivocada y terminé en Arkansas. De repente, una nube obscura afectó mi visibilidad. De manera muy extraña, la nube parecía abrirse paso entre la niebla. Después de atravesar su densidad, me pareció haber cruzado la barrera del tiempo y encontrarme de frente con un barrio de gente de raza blanca.

—¿Estaré de regreso en el año 1930, donde la discriminación y el racismo era latente? —me pregunté.

Allí me detuve a cargar *gota* pues el camión apenas se movía con la reserva. La curiosidad me saltó de nuevo al ver que la gente me miraba con suspicacia. Siendo yo una persona de cuarenta años, todos los que se me acercaban me llamaban "muchacho".

De regreso a Texas presencié dos linchamientos. Pensé que los agredidos eran mexicanos, pero no, eran hombres de raza negra. En carne propia, sentí el crudo racismo de aquellos ataques despiadados e irracionales.

Cuando finalmente llegué de vuelta a El Paso, después de un recorrido de más de veinte horas, crucé a México y el aduanero me pidió algo de *"mosca"*, dizque *"pa'l café"*. No fue que no quisiera darle, sino que estaba paralizado por el terror de lo que había presenciado. Para tranquilizarlo, le ofrecí mil *tepalcates*, pero no tragó el anzuelo. Intenté aumentar la cantidad, pero con una mirada perpleja, y para poner fin al intento de soborno, me decomisó la mercancía.

Al enterarse, mi padre, el señor Lara —autor de la canción *El tordillo*, y dueño de su propia cantina llamada "El Abrevadero de los Dinosaurios"—, me insultaba, contrariado:

—¡Si serás menso, hijo del siete de espadas! ¿Qué estabas pensando cuando te pidió "pa'l café"? ¿Cómo creías que te iba a aceptar terrones de azúcar? ¡Perdimos una carga de cien mil *del águila*! Ahora me toca tratar de entenderme con otro bastardo que acepte mis condiciones.

—Padre, una pregunta: ¿de qué color soy?

Con cierta ironía, me respondió:

—¡Chino!, porque desde que llegaste estás pálido. ¿Qué no te sentó bien el viaje?

—Padre, no volverá a pasar —le prometí.

—Vete a descansar —me contestó—. Ojalá que no hayas tomado la ruta fácil a la que llaman "El camino del mal"; muchos no regresan de ahí.

Esa fue precisamente la ruta que yo había tomado para intentar acelerar el viaje. Lo barato cuesta caro; lo demás, para otro día.

Fayuca: mercancía de Estados Unidos que se introduce en México clandestinamente para evadir el pago de impuestos aduaneros. Según el Diccionario de Mexicanismos, se refiere a contrabando o importación prohibida.

Gota: gasolina.

Mosca: dinero como soborno.

Tepalcates: monedas de un peso mexicano, así denominadas por la gente a mediados del siglo XX. La palabra "tepalcate" proviene del náhuatl "tlapalcatl", que significa maceta o vasija de barro. Estas monedas recibieron este nombre debido a su bajo valor.

Del águila: monedas de pesos mexicanos con el escudo nacional de México, el cual muestra un águila devorando a una serpiente.

El lobo de dos cabezas

ERA DE NUEVO LEÓN, MÉXICO, de la colonia El Obispo. Provenía de una familia acomodada; era como criollo, alto, de tez clara y cuerpo atlético. Se contaban muchas historias sobre él: de día trabajaba en la bolsa de valores; de noche combatía a todos los inexplicables sujetos que venían de la tercera dimensión.

A veces, cuando desaparecía por largos periodos, argumentaba que se iba a Cancún, México, a una de sus mansiones cerca del Caribe. Con su equipo y su ballesta, buscaba un lobo milenario de dos cabezas que asolaba Centroamérica y había cruzado a Quintana Roo, México, a través de la selva inexpugnable, matando lugareños y cuanto animal se le cruzara en su camino.

Felipe Rojas, conocido como el Pantera, era un individuo enviado por la Providencia: veloz, valiente e inteligente. En ciertas áreas instalaba trampas y rastreadores para saber si el lobo merodeaba cerca, pero no encontraba rastro alguno. La gente se acordaba del refrán: "dos cabezas piensan mejor que una".

Así pasaban los días y el lobo despedazaba chiquillos, ratas y perros. Los mejores tiradores del gobernador comenzaron a buscarlo. Se ofreció una gran recompensa, pero no hubo resultados. Felipe se concentró en cierta área, investigó la latitud e instaló, por varias millas a la redonda, trampas al estilo de la guerra de Vietnam, donde los soldados estadounidenses sucumbían a trampas simples pero embarradas con sustancias tóxicas.

Una mañana, vio al lobo ¡a solo unos veinte metros de distancia! Con su ballesta, lo cubrió de flechas cortas y negras que la bestia del mal lograba sacudirse; solo resistía rozones leves, pero el tiro fatal nunca daba en el corazón. Felipe pensaba: "Ojalá que la bestia no tenga dos corazones".

Al ir retrocediendo, Felipe pisó una trampa de oso que le inutilizó el pie izquierdo. Enfrente tenía al lobo, la bestia que asolaba la comarca. Le quedaba una flecha, pero no se podía mover, pues la trampa ejercía mucha presión y los picos casi le llegaban a la piel. Optó por sacar su cuchillo, una especie de daga árabe, como un marrazo, un estilo usado por las fuerzas del ejército. Se dio cuenta que, al verlo en situación precaria, la bestia no lo atacaba, así que, como pudo, dejó su bota atorada en la trampa pero la bestia no se movió. La tuvo en su mira, le apuntó y decidió dejarla vivir; a un oponente noble se le respeta la vida. Ya habría otra ocasión.

Felipe se restablecía en un hospital de Cancún, a la espera de nuevas aventuras. Del lobo de dos cabezas ya no se supo nada.

Terror de la cordillera

ROMEO BENÍTEZ ERA UN CAZADOR de recompensas egresado de los *Navy SEALs*, la fuerza especial de operaciones de la Armada de Estados Unidos que lucha por tierra, mar y aire. Cuando la adrenalina se le disparaba, su fijación por las recompensas más altas se agudizaba, y todos sus sentidos se afinaban hasta dar con el asesino o violador psicópata buscado.

Romeo no solo alardeaba de su agilidad y fuerza física, sino también de un coeficiente intelectual de ciento cincuenta. Poseía cinturones de karate de toda clase, incluido uno de Muay Thai, así como una gran habilidad en el uso de toda clase de armas letales. Con ellas, se propuso acabar con otro ser humano, como *Homo homini lupus* (El hombre es el lobo del hombre).

Manifestaba ser soltero para no causar penas ni dejar a nadie atrás. Llegó a Colombia, de ahí se trasladó a Perú y después a Bolivia. Con datos de policías y peritos —personas conocedoras en la materia—, seguía el rastro de este violador asesino, que siempre actuaba en lugares desolados al caer la tarde.

El cazador de recompensas no se explicaba cómo había llegado a Tiahuanaco, a esa extraña puerta al infinito. Pensaba: "Este loco dejó pistas para que yo llegara aquí". Decidió pasar la noche allí, una que se volvió maravillosa y poética. Soñó con viajes interplanetarios y seres que venían de las estrellas. Fue cuando comprendió *El Aleph* de Borges y el *insecto de Kafka*, además de los libros de realismo mágico. Por la mañana, quedó sumido en pensamientos mágicos y por varios días olvidó a su presa.

Cuando decidió continuar con su trabajo, fue en La Paz, Bolivia, donde al fin dio con Lauro Venegas, el Violador de los Andes, o al menos uno de ellos. La Interpol fue alertada y a Romeo se le pagó la recompensa por la captura. Ahora Lauro purga setenta cadenas perpetuas en una prisión de un país sudamericano, mientras otros dos lo reclaman.

Romeo Benítez regresaba a la puerta de Tiahuanaco cada año. Él decía: "Esta puerta es un paso a las Pléyades, de donde se presume viene la vida. La Biblia menciona un tiempo cuando los ángeles del cielo se juntaban con las hijas de los hombres.

Homo homini lupus: expresión en latín que se traduce como "El hombre es el lobo del hombre". Es atribuida al filósofo y escritor romano Plauto.

El Aleph: en este libro, Jorge Luis Borges explora la idea de un punto en el espacio que contiene todos los otros puntos, ofreciendo una visión infinita y simultánea de todo lo que existe en el universo.

El insecto de Kafka: se refiere al protagonista de *La metamorfosis*, obra de Franz Kafka, quien se despierta una mañana transformado en un insecto gigante.

La muerta

YO LA SENTÍA EN MI RECÁMARA. Algunas veces me llamaba por mi nombre o me tocaba la espalda. Cuando la gente muere infeliz, regresa de las más oscuras dimensiones. Suelen pegarse con facilidad a las almas en pena para sentirse menos culpables. También se aprovechan de los ilusos nobles para colgarse de ellos. El escritor Víctor Hugo fue mordaz y muy puntual al referirse a esto: "Los miserables se juntan con otros miserables para sentirse menos miserables".

No es mucho lo que ella me preocupa, pero si fijo mi atención en el pasillo de mi casa —que pareciera gustarle por su estilo victoriano—, escucho voces de niñas. A la distancia oigo sus voces estridentes. "¿Qué habrá pasado en este lugar hace muchos años?, me pregunto; no lo sé. Siempre sucede en noches de luna, es un rito o una obstinación.

Al llegar la mañana, me doy cuenta que vivo un nuevo día, una nueva esperanza. Así las cosas: le volví a ganar otra partida a la desdentada. Yo sé que regresará y tendré otra vez que hacerle frente, pues el espíritu de la muerta no se da por vencido y yo, menos. Ya veremos lo que los santos magistrados deciden.

Pueblo fantasma

LEGUÉ A ESA MISERABLE POBLACIÓN situada en una gran extensión de tierra. Solo se veían ocho casuchas, llenas de moscas, y se escuchaba uno que otro burro rebuznando. Me acerqué a una de esas casuchas, una choza con corral. Una mujer me recibió con un jarro de agua, mientras yo veía cómo, a lo lejos, desaparecía el destartalado camión que me había traído.

La señora me dijo:

—El camión pasa una vez por semana si es que se quiere regresar.

—No, vine a reconstruir y arreglar la iglesia. Gracias por el agua.

—No hay de qué, y discúlpeme que no lo pase, pero mi marido llega hasta más tarde.

—Está bien. ¿Dónde está la iglesia?

—Cerca del río. Espero que se quede. Los otros que han venido no se han querido quedar por mucho tiempo. Más tarde el lechero le llevará pan y queso. Su jornada, el cura se la pagará los sábados.

Me fui a trabajar en la reparación de la iglesia. Fue entonces cuando los inclementes vientos cegaban a la gente, pero yo estaba preparado con lentes de aviador y empecé mis labores. Ya entrada la tarde, pasó el lechero y dejó lo suficiente para dos días. Detrás de la iglesia, había una cocina donde dormía y guardaba comida y demás utensilios para restaurar el pretil de la iglesia y lo que se necesitara.

El sábado, vino a verme el cura del pueblo. Me pagó algunos *tepalcates* por los tres días que trabajé esa semana.

—Gracias, hijo. Aquí estamos olvidados de la mano de Dios. Todos decidieron dejar el pueblo por los ruidos que se oyen en la noche: caballos, burros, gente peleando. A veces, se escucha un tropel pasar por el camino. Sin iglesia, la gente ha optado por irse a Minas Nuevas mientras el templo se repara y nos mandan un cura más joven desde la capital.

—Señor cura, primero, gracias. En dos meses el trabajo estará concluido. Yo me concentraré en mi oficio y nada me hará quitar el dedo del renglón. Segundo, cuando duermo, nada me despierta: ruidos, tropel, ¡nada! Usted me paga cada sábado y yo termino mi labor en dos meses, como le dije.

Concluí el trabajo y me marché a otras tierras, siendo el único que había sobrevivido en diez años la soledad y el abandono de ese pueblo fantasma. Con la iglesia reparada, la gente regresó, las apariciones cesaron y todo volvió a la calma.

La mano ensangrentada

BERNARDO ELÍAS FUE EL CHOFER de ese camión que se convirtió en una de las peores tragedias de transporte público. Al llegar a Cuernavaca, Morelos, México, el autobús bajaba por una ladera en forma de serpiente, cuando de repente se quedó sin frenos. Aunque las curvas no eran muy pronunciadas, el camión se volteó. Todos los pasajeros murieron, excepto un bebé y Bernardo. Los que no quedaron destrozados estaban irreconocibles y en agonía. Al final, ninguno de los pasajeros sobrevivió. Las autoridades obligaron a Bernardo a hacerse cargo del bebé que quedó huérfano.

Después de pasar por muchos problemas, se mudó a California, Estados Unidos, donde se casó en segundas nupcias con una mujer mexicoamericana. De noche, en el pasillo de su casa que conectaba a todas las recámaras, a las fatídicas tres de la madrugada, el desafortunado exchofer se levantaba a revisar las puertas. Se encontraba con unos treinta individuos, algunos quemados o mutilados, todos lamentándose por su horrible suerte. Bernardo se retiraba a su alcoba con su amada, pero casi todas las noches sucedía lo mismo: encontraba cuerpos mutilados en la bañera, en el pasillo o cuando estaba solo en su cama.

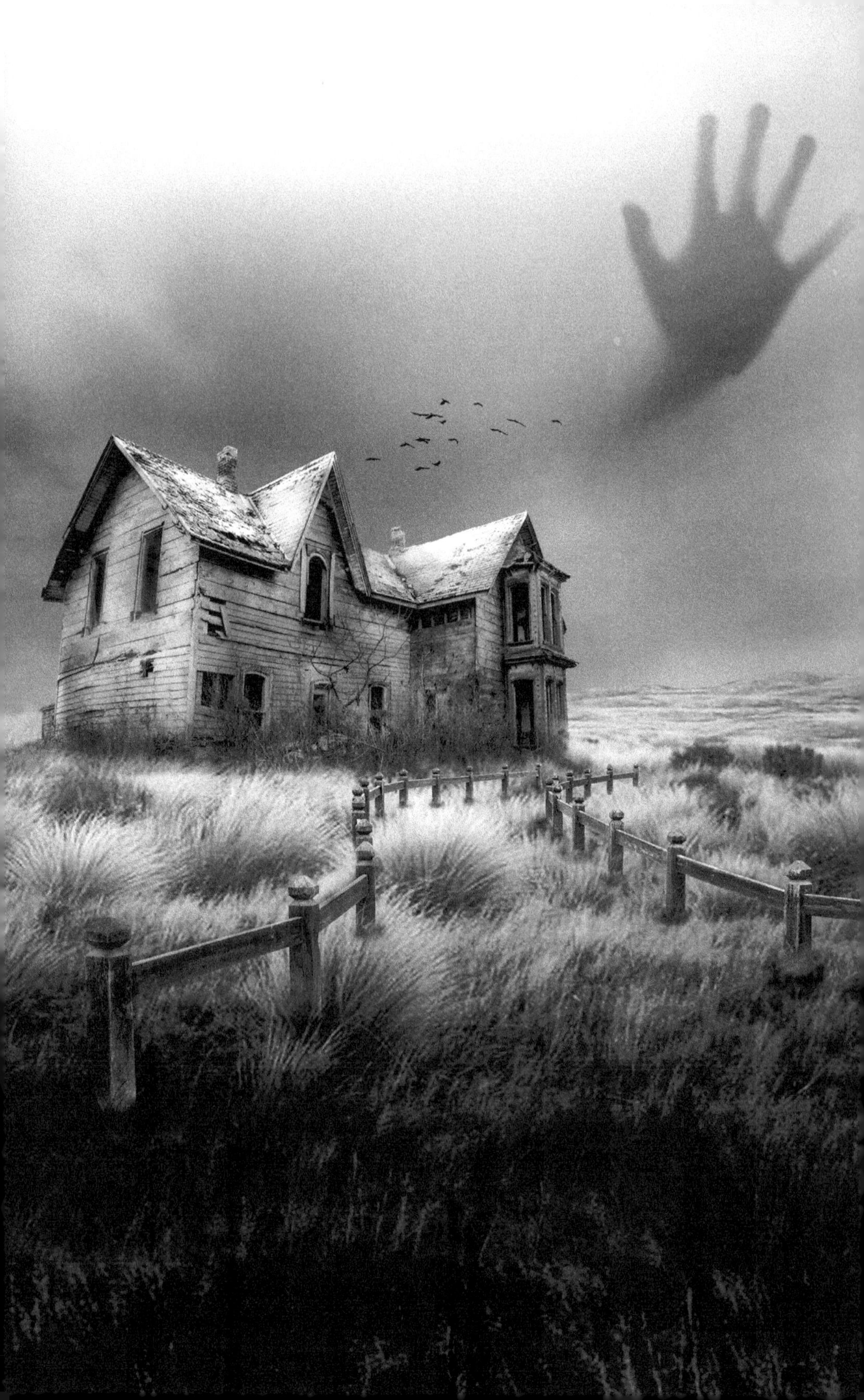

La mano ensangrentada

Con visitas de un sacerdote a su casa y oraciones al Creador, todos los espantos y espectros fueron desapareciendo, excepto una sola cosa. Dondequiera que buscara, allí estaba: si abría una gaveta, veía una mano pálida y ensangrentada, como si la hubieran cortado de tajo minutos antes. Era una mano amenazadora que le recordaba de su falta. A veces, con el alma en vilo, se levantaba a checar a su hijo Memo —el bebé que había adoptado—, y allí estaba la mano, cerca del pequeño, que yacía tranquilo. Los dedos de la mano se entrelazaban con las manos de Memo. Bernardo se retiraba horrorizado al ver cómo la mano se desplazaba y deslizaba por la pared.

El terror causado por la mano comenzó a desaparecer cuando Memo creció y pudo comprender aquella tragedia. "¡Papá, tú no tuviste la culpa!», le decía el adolescente. Poco a poco, la mano fue perdiendo su brillo, electricidad o viveza, hasta que finalmente se esfumó para siempre.

Para entonces, Bernardo no había quedado bien de su mente. Hablaba solo. A veces se le oía decir: «Te voy a comprar un guante para que resistas el invierno, mi querida mano». Posteriormente, fue internado en el hospital psiquiátrico de la ciudad de Camarillo, California. Tras ser dado de alta, ahora se le ve deambulando por las calles de la ciudad de Ventura.

Siete años

LLEGUÉ A CASAS GRANDES, CHIHUAHUA, o como le llamaban los pachucos, *Chantes Longos*, para viajar al Norte; mi familia me esperaba en Santa Fe, Nuevo México. Llegué tarde. El camión de la línea Flecha Roja ya había partido; decidí esperar hasta el día siguiente. Fui a comprar quesos asaderos con tortillas de harina. El dependiente me dijo:

—Ve al pueblo. Antes de las once, aquí enfrente, llega el camión.

Me dirigí a Las Moras, un centro donde las mujeres ofrecían su amor al mejor postor. Allí, una mujer de mediana edad me dijo:

—Una adivina me advirtió de tu presencia: 'con las nieves del tiempo en las patillas y ojos claros'; te estaba esperando, ven a mi aposento.

Con una mirada que subyuga, la seguí. A la mañana siguiente, durante el desayuno, me sentí como *Ulises* ante las mujeres brujas. ¡Qué día y qué año aquel primero de marzo de 1977! Han pasado ya siete años. No consumí nada, ni me despedí. Me dirigí directo a la central camionera; todo estaba cambiado. De allí, a Nuevo México. ¿Dónde quedaron esos siete años? No lo sé, ni de Las Moras, ni de aquella mujer, Esmeralda.

Doy gracias al Creador al pensar en el primero de marzo —cumpleaños de mi hermano Roberto— y por despertar de ese hechizo. Quizás todo fue solo un sueño.

Ulises: Odiseo, conocido en la mitología griega como el héroe principal de la epopeya homérica *La Odisea*. Ulises u Odiseo es conocido por su astucia y valentía, especialmente en sus encuentros con seres mágicos y encantamientos durante su largo viaje de regreso a Ítaca después de la guerra de Troya.

Desolación

MI PUEBLO CHICO ERA DESOLADO, alejado de los dioses. Una banda de forajidos había robado toda la riqueza del país: minas, bancos, petróleo y demás. Lo regalaron todo a familiares y amigos. Solo afuera del mercado, unos cargadores y atracadores se reunían por las noches y a veces me ofrecían una naranja o un trago de sotol. Los cargadores me informaban que el pueblo estaba semi-desértico; todos habían huido a otras tierras.

Desde el cierre de las minas "La prieta" y "La esmeralda", no había otra forma de vivir sino como sacerdote, atracador o tratante de blancas. Esto último resultaba difícil, pues ya no había suficiente población, y la poca que había andaba armada hasta con un sacacorchos. Junto al mercado estaba la iglesia de San José, donde por las noches unas veinte mujeres vestidas de negro parecían una convención de cuervos mientras rezaban por sus muertos.

Me preguntaba: "¿hasta dónde hemos llegado?" Recordaba el final de los años sesenta, cuando se organizaba la feria en el viejo estadio de béisbol del pueblo. ¡Cuánta alegría! Peleas de gallos, juegos de baraja, también la ruleta y el juego –con tintes de racismo– llamado "pégale al negro". Si le atinaban con una bola de hule, había chorros de agua para la multitud.

Ya no hubo más ferrocarriles, ni integridad. Hoy en día lo que hay es desolación, presidentes municipales "ratas" y ladrones de cuello blanco. Como dijo *Voltaire*, "Para conocer un pueblo, hay que visitar sus cárceles". Una noche de luna me fui a Frontera... ¡qué tiempos aquellos!

Voltaire: se atribuye la frase "Para conocer un pueblo, hay que visitar sus cárceles" a François-Marie Arouet, más conocido como Voltaire, el filósofo y escritor francés de la Ilustración.

Juegos de ADN

Me mudé a un nuevo barrio en la zona norte de la ciudad de Phoenix, Arizona. Me advirtieron que esa casa era fantasmal, llena de duendes y sonidos extraños, carentes de explicación. Más tarde que perezoso, me apasioné con la idea. ¡Una casa misteriosa para mí no es problema! Vengo de lugares inhóspitos y estoy acostumbrado a escuchar objetos que se caen y ruidos provenientes de los rincones, sin explicación alguna.

Me imaginé que los dueños anteriores de aquella casa eran inventores o alquimistas en busca de la piedra filosofal, tratando de convertir metales de poco valor en oro macizo de veinticuatro quilates. Bajé al sótano y vi una docena de galeras que parecían vinaterías, pero en realidad eran laboratorios donde jugaban con el *ADN* de los animales.

Los mantenían encerrados y, aunque moribundos, irradiaban un alto grado de inteligencia. Los borregos trataban de decirme algo con su mirada. Los cerdos parecían hacer un intento fallido y desesperado por hablar. El único que hablaba era un perico que balbuceaba palabras de manera correcta: "¡Brujos locos, brujos locos!", parloteaba constantemente.

Al descubrir esto me sentí obligado a llamar a la policía. Los agentes llegaron acompañados de científicos calificados por su alto grado de sabiduría y conocimiento. Ahora sí que, por arte de magia, desaparecieron a todos los animales.

Recurrí entonces a mi propia investigación y descubrí que los egipcios, aztecas y otras civilizaciones milenarias también jugaron con el ADN del Toro de Creta, la Serpiente Emplumada y muchos otros animales. A veces, en mis sueños, escucho las voces de los borregos, expresándose como si fueran humanos.

Después, todos mis escritos me fueron robados y no se encontró vestigio alguno de lo ocurrido. "¿Acaso los humanos somos un proceso de experimentación?", me pregunté. ¡Vaya usted a saber!

ADN: abreviación del ácido desoxirribonucleico, la molécula que contiene la información genética de los seres vivos, determinando sus características hereditarias y dirigiendo el desarrollo y funcionamiento de sus células. Su manipulación permite alterar y editar la información genética.

La imagen de la cañada

ME LLEGA SU IMAGEN como una invocación; la presentí. Soy de un rancho en los Llanos de Durango, quinta o sexta generación mexicana descendiente de vascos. En los ranchos, es peligroso caminar por los sembradíos a oscuras y sin luna. Te pones nervioso y solo quieres llegar al refugio de tu casa, y más cuando te falta algún chivo; como puedes lo vas a buscar.

Ya me había pasado una vez mientras dormía: una dama resplandeciente, vestida de azul y blanco, como de dos metros de altura, se apareció al lado de mi cama; me hablaba por mi nombre.

—¡Jacinto, Jacinto!

Le hablé a mi madre:

—Mamá, ahí le habla una señora.

Cuando ella despertó, la dama había desaparecido.

Los inviernos eran crudos. Sin una buena chamarra y sin animales o refugio, la vida no era tan placentera, y siempre tenías que tener animales para la dote de las hermanas. Nosotros teníamos un buen rebaño de corderos, chivas, vacas y toros, así que vivíamos un poco mejor que nuestros vecinos.

La imagen de la cañada

Con quince años, a veces tenía que ir a la cañada por algún animal que se extraviaba. La única preocupación eran los espíritus que merodeaban al caer la tarde y al principio de la noche, cuando el viento soplaba frío y hacía temblar los huesos y los dientes sin cesar. Al final de una cuesta, en la cañada, vi a Susana, mi chiva preferida, resguardándose en un arbusto; no sé si estaba atorada o asustada. Fui a rescatarla y allí vi de nuevo a la dama de azul y blanco. Está vez parecía tener unos tres metros de altura, muy resplandeciente e iluminando el terreno. Nomás agarré mi chiva y corrí hacia la casa, donde mi madre me esperaba con preocupación.

De ese incidente, nunca dije nada. Ya de adulto, en una ocasión se lo mencioné a mi progenitora, que me miraba con cara de incredulidad.

—Tú nunca me has mentido —fue lo único que me dijo.

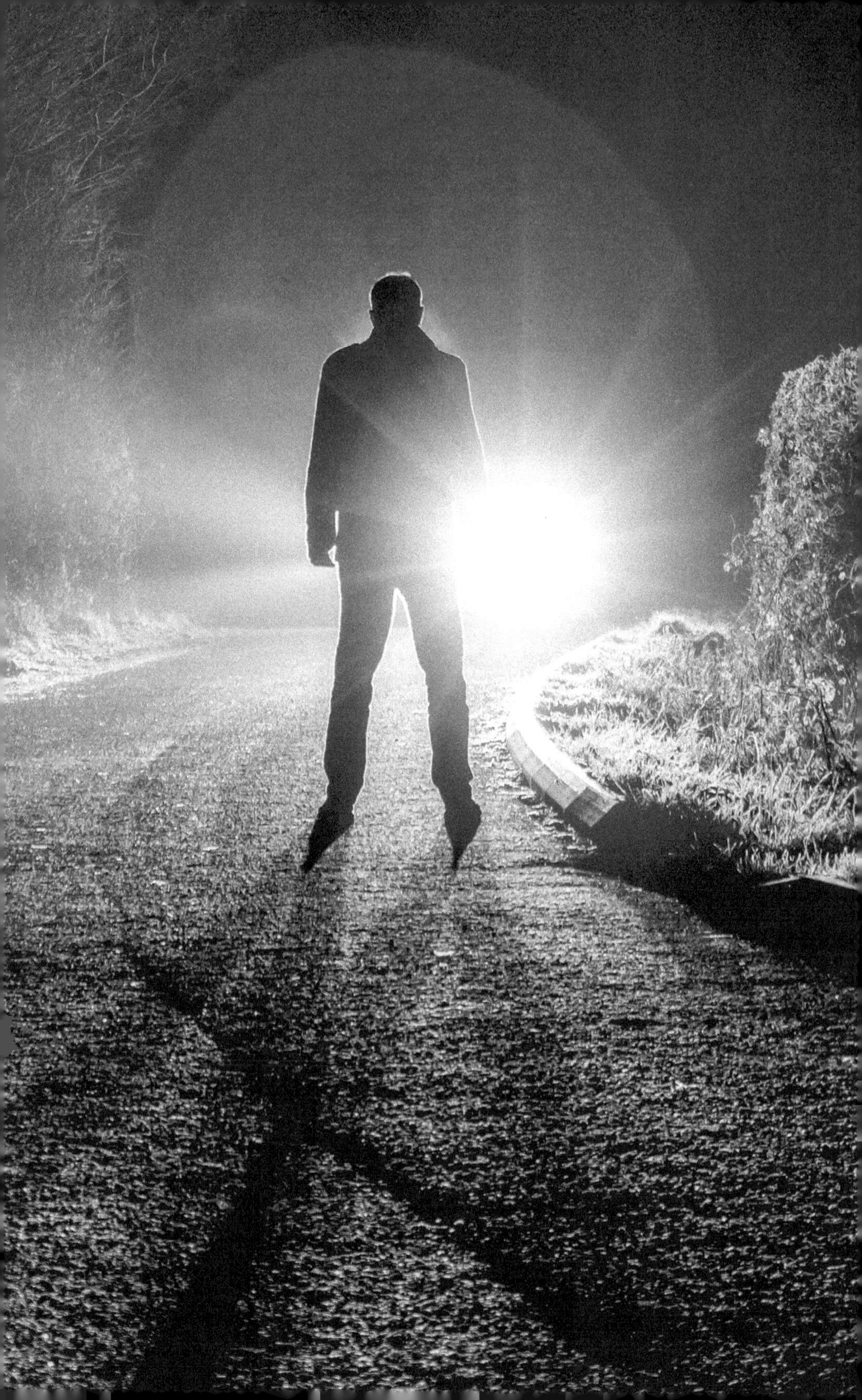

Vientos chismoceros

TUVE QUE CAMBIAR DE AIRES después de trabajar varios meses como agente de seguridad en una agencia de autos, pues me empezó a dar *tirria* y comencé a aterrorizarme.

Una noche, mientras estaba estacionado en el vehículo de la compañía, apareció frente a mí un hombre con camisa de cuadros rojos; nunca le vi el rostro. Después me informaron que se trataba del espectro de un piscador de fresas de los años 1940 o 1950, que había sido sepultado en un pequeño cementerio detrás de la capilla de Guadalupe, donde enterraban a sacristanes sacerdotes y a algunos miembros de la iglesia. Se rumoraba que el concesionario donde trabajaba se había construido sobre ese viejo cementerio.

Me trasladé a Tulare, un pueblo californiano cerca de Visalia. Al llegar, no pude *dar pie con bola* debido a una ventisca terrible; ¡no podía ver ni a dos metros! Esperé que cayera un aguacero o al menos una simple llovizna, pero no ocurrió nada. Me refugié en una cabaña cercana al camino, donde un viejo me dio albergue.

—Entra a tu casa, te estaba esperando —me dijo con cortesía.
—Pero yo no lo conozco.

—Los vientos *chismoceros* me avisaron de tu llegada. Entra, refúgiate de este aironazo en mi cocina.

—Nunca había visto tanta calamidad —comenté.

—Deberías salir más seguido. Me llamo Matías, ¿y tú? En realidad, tu nombre no es importante cuando de una buena acción se trata. Toma algo, mañana te enseño mi santuario.

Al día siguiente, en un piso secreto del tamaño de un campo de fútbol, había unas setecientas imágenes y estatuas de santos y virgencitas restauradas.

—Todos los persignados me traen sus ídolos; los arreglo, les doy una retocada y los envío de vuelta a su procedencia —me explicó aquel hombre—. En esa sección están los santitos que tienen más expresión. Los hago con tierra de panteón y huesos humanos para que parezcan tener algo de vida. Cuando se acaba la vida, esa pequeña ilusión, alma o como quieras llamarle, se refugia en el tuétano. La gente dice: 'Le rezo a este santo porque es milagroso'. No saben que yo los fabrico. Es mejor rezar al cielo y a los vientos que a un templo de mampostería sin vida o a un objeto inanimado.

Tuve que irme a otras tierras menos conflictivas. Al reiniciar mi viaje, todos los vientos cesaron y el ambiente quedó inmóvil.

Tirria: sentir aversión hacia algo o alguien.

No dar pie con bola: equivocarse repetida o frecuentemente, indicando que alguien no logra hacer algo correctamente.

Chismoceros: la expresión "vientos chismoceros" se utiliza de manera figurativa para describir vientos que parecen llevar consigo rumores o chismes, como si fueran portadores de noticias o secretos que se esparcen rápidamente. Es una forma poética y creativa de personificar el viento, atribuyéndole la característica humana de ser chismoso o hablador.

La noche de los tiempos

EN UNA DE LAS CUEVAS ubicadas en los acantilados que bordean la costa del Mar Muerto, cerca del lugar donde se encontraron los rollos bíblicos entre 1947 y 1956, localicé unos siete mil papiros mejor preservados de una civilización más adelantada que la nuestra. Como arqueólogo aficionado, no reporté el hallazgo. En ellos descubrí que era cierto lo de los ángeles caídos. ¿Por qué se le tiene tanto temor a ellos? Por el daño que han hecho a la humanidad. También comprobé que era verdad que los seres del cielo se relacionaron con las hijas de los hombres.

Los papiros me revelaron cómo llegaron visitantes extraños de las Pléyades con los cráneos alargados y ojos rasgados, cómo la luna se desprendió de la tierra causando cataclismos, glaciaciones y mini glaciaciones, y cómo estos visitantes, con sus naves metálicas, vencieron la gravedad y movieron piedras de miles de toneladas para edificar templos en Grecia, Egipto, Teotihuacán, Cusco, así como otras civilizaciones antiguas.

Con el exceso de tecnología, las potencias se aniquilaron. Lemuria y la Atlántida desaparecieron, y solo los nativos de las islas sobrevivieron. Estos individuos de la primera o segunda civilización habían perfeccionado el rayo láser y dominaban la gravedad. Los viajes interplanetarios y la transmutación de los metales habían alterado el ADN, dotando de inteligencia al hombre de Neandertal y al Cromañón, pero sin suprimir su agresividad, la cual aún se puede ver en boxeadores, peleadores de Artes Marciales Mixtas, policías y reos.

Pertenezco a una secta de científicos dedicados a la búsqueda de la verdad, y seguimos estudiando los rollos del Mar Muerto. Del segundo hallazgo de los siete mil papiros no reportamos el descubrimiento a nadie, ni siquiera al Vaticano; ellos nos harían callar.

El portal de Aureliano

A**URELIANO ERA UN RANCHERO** del ejido del Mezquital. No había mejor zapatero que él. Era bueno para jinetear y domar potros salvajes, hasta someterlos. También era habilidoso para hacer navajas con cachas de cuerno de toros. Los cuernos los dejaba en agua por algunos días y luego los aplanaba con una prensa, dejando la navaja con el estilo característico español: ligeramente curva y de mucho valor.

Aureliano fue adoptado por su abuelo paterno, llamado Bonifacio. Decían las malas lenguas que a los siete años de edad lo vio salir de una cueva del cerro Santa Catarina vistiendo ropas extrañas. El tata le enseñó las reglas de la vida en un ejido pobre, además a cabalgar, y hasta le enseñó el oficio de zapatero, ordeñador y otros trabajos.

Aure, como le llamaban, aprendía rápido y, como si fuera cosa de magia, se perfeccionaba, gracias a tener una inteligencia superior. Ideó cómo llevar agua a los sembradíos, y utilizando el *tornillo de Arquímedes* hacía maravillas para extraerla de las profundidades. Todos los ejidos estaban maravillados con las cosas que hacía. A veces se le oía hablar en sánscrito o arameo. Después se sonrojaba y se reía un poco infantilmente. "Estoy jugando a ser ventrílocuo", decía entre risas.

Con el tiempo, Aure se hizo comerciante y llenó varios graneros de semillas para diferentes cosas. Otros almacenes los llenó con botas, sillas de montar y *cuartas caballeras*. Por las tardes, a los niños les contaba historias de guerras interplanetarias con las que los dejaba asombrados.

Un día, dejó todo encargado a un familiar lejano y se fue a su "portal", como le llamaba a una gruta de un cerro. Regresó a los cuarenta días. Al volver, encontró que la gente del ejido había envejecido. Los niños ya eran adolescentes y él se excusó: "¡Me tardé un poco, ja, ja, ja!".

Todo estaba en normalidad y Aureliano dijo: "Como decíamos ayer", y todos rompieron en risas.

Tornillo de Arquímedes: máquina simple inventada por el famoso científico griego Arquímedes hace más de dos mil años. Se utiliza para elevar materiales sólidos o líquidos, como agua o arena.

Cuartas caballeras: instrumentos de cuero con mango de madera o metal utilizados para estimular a los caballos y hacerlos trotar o galopar. También llamadas fustas o fuetes.

Tres deseos

FEDERICO BUENRROSTRO era un humilde pescador de las costas del estado de Guerrero, México. De adolescente se lanzaba de los acantilados para ganarse unas monedas; ya de joven adulto, se iba a la pesca de róbalo, dorado, huachinango o el pez que cayera. Tenía ciertos rasgos indígenas, un cuerpo de estatura regular, y no era muy atractivo para las mujeres.

Un día, durante una tormenta, se perdió en su panga, la cual tenía un motor reconstruido que tosía por las muchas reparaciones. Casi encalló en una roca que sobresalía en el océano. Al principio no pudo distinguir a una persona que nadaba desesperadamente, ya que su voz apenas se oía por el ruido de las olas.

—¡Ayuda! —gritó con más fuerza el hombre.

—¡Súbete a mi embarcación! —le contestó Federico.

El pobre viejo logró subir. Federico le dio una frazada y así pasaron la noche. El hombre decía que se había caído, pero no decía cómo o de dónde.

Ya en casa, Federico le ofreció un poco de café caliente y sopa.

—Por lo que has hecho, te voy a recompensar con lo que desees:

salud, dinero, ¡o lo que tú más quieras!

—¡Quiero ser irresistible con las hembras! —dijo Federico sin titubear.

—¡Concedido!

—¡Y también mucho dinero!

De allí en adelante tenía, en su modesta casa, una cuenta de ahorros con abundantes sumas de dinero que cada mes se abastecía con un capital que nunca disminuía; al contrario, aumentaba.

El tercer don también le fue concedido: salud.

Pasó de ser aquel humilde pescador impregnado con la viscosa sustancia de un pescado de tres días, a transformarse en un galán irresistible que olía a canela. Las damiselas lo olfateaban a dos cuadras de distancia mientras él intentaba pasar desapercibido entre los lugareños, pero le salían romances casi a diario, hasta que finalmente dejó de salir de su casa. Todos los servicios le llegaban a su hogar.

—¡Diantres! —se lamentaba Federico—. Lo que parecía ser una bendición es lo contrario. Quisiera hablar con el individuo que parecía una divinidad o un ángel, para que me bajara el *pegue* que tengo, pero es demasiado tarde.

Muchos grandes músicos, poetas o escritores quedan empachados por el éxito, viviendo vidas alejadas de la sociedad. Ninguna obra buena carece de penitencia.

Pegue: expresión coloquial que significa tener habilidad o carisma para atraer o gustar a otras personas, especialmente en contextos sociales o románticos. Se refiere a tener encanto, ser atractivo o tener éxito al relacionarse con los demás.

Las odiseas del tío Eulalio

EULALIO FUE EL MÁS CÉLEBRE de mis tíos: era alto, güero, pelo en pecho y nariz chata, además de ser muy aficionado al *chupe*.

Su primera experiencia en sucesos raros fue cuando, estando en su casa, de repente se desapareció. Más tarde, apareció en medio de una orquesta sinfónica de otra dimensión. Los instrumentos musicales presentaban un aspecto raro, y la gente vestía de manera extraña.

En otra ocasión, viajando por el camino de la 'Y' griega, entre San Francisco y Santa Bárbara, California, una luz del cielo lo iluminó. Mientras mi tío y su amigo Procopio se escondían, un objeto irradiaba luces incandescentes que, por momentos, cambiaban a color naranja. Se escondieron tantas veces que, sin darse cuenta, Eulalio se encontró cerca del Mineral de Plomosas en Chihuahua, muy lejos de su lugar de origen. Como pudo, regresó a su pueblo.

Por las noches, en sus pesadillas, viajaba por tres planetas: Mercurio, Marte y Júpiter. Según sus cálculos, se transportaba de la Tierra a la Luna en menos de diez minutos. Durante un trayecto, vio los anillos de un cuarto planeta que no pudo identificar. "Voy a contarles a mis amigos de este viaje", decía, aunque pensaba que de esa experiencia probablemente no se iba a acordar.

Lo poco que recordaba lo compartía en tertulias. La gente se reía cuando escuchaban que había viajado hasta el final de la Vía Láctea. De vez en cuando, le llegaba alguna que otra cerveza a su mesa, y no se daba por mal servido. Los borrachines gritaban: "¡Por qué no trajiste un poco de leche de la Vía Láctea para hacer rompope!", y todos se reían a carcajadas. Así ocurría con todas sus historias, pues eran muy divertidas e interesantes.

Chupe: término coloquial en México que se refiere a beber alcohol en exceso, llevando a la embriaguez. Probablemente deriva de la acción de "chupar" o succionar la bebida, y se usa para describir el acto de consumir grandes cantidades de alcohol de manera continua.

Mariposa del desierto

ME HABLABA DE LA ZONA DESÉRTICA de Durango, México. No sé si era Mapimí, Tepehuanes o la Zona del Silencio. En 1910, durante el conflicto armado que desató la Revolución mexicana, los combatientes de ambos lados robaban todo lo que podían. Mi abuela Manuela me contaba cómo caminaba descalza por esos parajes, donde los *toritos* y las espinas eran crueles con los habitantes de esa región. Zeferina, su hermana, algunas veces le prestaba sus huaraches para ir al río a traer agua.

Cuando llegaron los revolucionarios, se llevaron todo. Sin dote, era más difícil el casorio. Ella pensaba: "Me voy a unir con cualquier arriero pata rajada. Alguien con un oficio bajo, casi paupérrimo, que viva al día".

Un día, en medio de un pleito familiar, su madre le tiró una chancla. Manuela cayó desmayada; no se sabe la intensidad, pero quedó inconsciente. Durante unas horas, se vio en un desierto volando con un enjambre de mariposas. No tenían voz, pero por instinto y un poco de telepatía se comunicaban.

Imposible explicar cómo, de un lugar lleno de nopales a un desierto con dunas peinadas por los vientos altaneros, Manuela era una mariposa que surcaba por los aires y volaba sin perder el ritmo. Volaban una tan cerca de las otras, sin tocarse.

Por la mañana, su padre, preocupado, sacó fiado unos huaraches para que su hija no se lastimara al ir por agua o leña, y reprendió a su mujer por el incidente.

Manuela se había despertado con el sol de la mañana y estaba feliz de no ser una mariposa efímera. En el portal de su vivienda, vio a una mariposa aún viva pero agonizante, mientras el Padre Sol todavía la alimentaba.

Toritos: semillas o frutos del abrojo con picos o púas que se adhieren a superficies, incluida la piel, y pueden causar heridas si se pisan descalzo.

El rinoceronte de Detroit

TODAS LAS NOCHES, MI PADRE ME HABLABA POR TELÉFONO.
—¿Cómo está, mi hijo?
—Bien, papá, ¿cómo lo tratan?

Aunque decía estar bien, me sentía en un lugar extraño, lleno de cascadas y casas de muchos colores. Me preguntaba: "¿Quién es este hombre con la voz de mi padre? Él murió hace ya algunos años». La intriga corría paralela a mi corriente sanguínea mientras lo escuchaba sin saber qué decirle.

Mi mayor preocupación, sin embargo, eran los animales con cuernos, en particular el rinoceronte, debido a una mala experiencia que tuve de niño. En un zoológico donde me encontraba, estaba permitido recorrerlo en auto. Me bajé del carro para tener contacto con algunos animales y poder acariciarlos. Uno de ellos resolló en mi cara, lo que me traumatizó de por vida.

Posteriormente me mudé de Los Ángeles, California, a Detroit, Michigan. La ciudad estaba en ruinas y los pocos edificios que quedaban se hallaban semivacíos. Allí la criminalidad era astronómica y la cultura escasa. Solo se veían grafitis, basura y pobreza; no había zoológicos ni rodeos. En los edificios, que antes albergaban trescientas o cuatrocientas oficinas, solo un diez o veinte por ciento permanecían habitados. Siempre cargaba un revólver *.38 Smith & Wesson Special* de seis tiros, por si las dudas, y seguía la recomendación de los rusos: "Cree en Dios, pero sigue nadando hacia la orilla".

Trabajé ahí por un tiempo como licenciado en asuntos jurídicos. A las cinco, se cerraba el edificio; los viernes eran demasiado rutinarios. A las cuatro y cuarenta y cinco, ya todas las oficinas estaban vacías. Algunos trabajadores se dirigían a la barra-restaurante "Drugi Dom", justo frente a un dilapidado concesionario automotriz de Detroit, ambos propiedad del serbio Tomich, un hombre proveniente de Montenegro, en la antigua Yugoslavia.

Además de mi trabajo como abogado, también trabajaba de consejero de préstamos y bienes raíces, y como mi tiempo estaba dedicado a mi trabajo, me iba muy bien. Solo los domingos los dedicaba a mi iglesia. Durante el resto de la semana, hablaba con mis clientes y cerraba tratos, y era muy envidiado por mi capacidad.

Un día alguien se enteró de mi fobia a los animales con cuernos. Ese día cerraron el edificio antes de lo debido y soltaron un animal adentro. Escuchaba cómo subía y bajaba las escaleras. Supuse que, si no era un rinoceronte, era un toro de lidia. Estaba atemorizado y sudaba frío. Me decía: "¡Una cornada en el vientre me va a dejar frito!"

Escuchaba al animal caminar por los pasillos; sus pezuñas eran ruidosas. Ya eran cerca de las seis y el miedo me tenía paralizado. Subí en el elevador hasta el piso trece y oí cómo el animal subía por los pisos. Cuando se abrieron las puertas del elevador, recordé mi revólver y, sin pensar, cerré los ojos y disparé. Al abrirlos, encontré un burro más asustado que yo, con una oreja atravesada por una bala; el pobre animal se había *ensuciado* en el piso.

Llamé a una agencia de protección de animales para que se llevaran al burro, y comprendí que era hora de renunciar y regresar a Los Ángeles: "Más vale malo por conocido que bueno por conocer". Una vez en casa, me dispuse a empacar y a tomar un avión hacia al oeste.

Ensuciado: expresión coloquial que se utiliza para indicar que un animal ha defecado o ha hecho sus necesidades.

El ingrediente sorpresa

K**IKO, TAVO Y RAÚL LLEGARON** a Ciudad Juárez, Chihuahua, en los años sesenta para esperar un permiso de trabajo e irse a Burbank, California, Estados Unidos. Se establecieron en la colonia Chaveña. Todos ellos eran primos de los Rodríguez de Parral, Chihuahua.

El primer domingo, en un día caluroso, los tres fueron a oír misa a la catedral. Después de comulgar, a la salida, en una especie de plazuela, un amigo los reconoció y les recomendó no salirse de la plaza: "Desde la iglesia hasta la Chaveña es Ciudad Juárez; si bajan la plaza ya están en El Paso, Texas". Pasaron todo el día comiendo semillas y tacos de canasta. El lunes, alguien les contó que lo del límite fronterizo con El Paso era una broma de los lugareños.

Kiko encontró trabajo en un restaurante de Ciudad Juárez, donde pasó muchos meses como ayudante de cocinero. Le gustaba preparar enormes ollas de caldo, como le habían enseñado desde adolescente: con verduras, papas, zanahorias y carne. Durante una semana trabajó de dos a tres turnos diarios, y después de diez días empezó a sentir una gran fatiga.

Llegó el viernes a su casa y cuando despertó, Kiko se dio cuenta que ya era lunes. Se apresuró al trabajo y el dueño comprendió su ausencia.

El ingrediente sorpresa

Esa tarde calurosa, cocinó la mejor palangana de caldo, y le puso yuca, como le habían recomendado en el mercado.

La enorme clientela estaba tan satisfecha con aquel manjar que él solo recuerda que, cuando cortaba las verduras, se oyó un estruendo en la olla como si algo se había desprendido de la campana y caído dentro. No le prestó mucha atención; lo más importante era que los comensales estaban disfrutando. Algunos de ellos pidieron que les sirvieran más caldo.

Ya entrada la tarde, el delicioso caldo de res casi se había terminado. Kiko fue a descansar y comer algo. Cuando estaba a punto de servirse carne y caldo, descubrió una desagradable sorpresa: ¡una gran rata en el fondo del recipiente! Se había caído y cocinado viva mientras se hervía el caldo. Aún se veían los dientes y los ojos desorbitados del roedor. La agarró de la cola y la echó a la basura. Kiko sonreía nervioso mientras comía un poco de arroz.

Sobre el autor

J **ORGE A. ONTIVEROS** nació en Parral, Chihuahua, México, y emigró en su adolescencia a California, Estados Unidos. Es Licenciado en Letras Hispanas por la Universidad Estatal de California-Northridge. Su pasión por la cultura lo ha llevado a incursionar en el teatro, la declamación, el tango y la literatura. Además del presente volumen de *Alma en Pena, cuentos de misterio en lugares sobrenaturales,* es autor de *El atolladero, cuentos de misterio en lugares inesperados*, *La insepulta, cuentos de misterio en lugares imaginarios*, y *Alborada, Dawn poemario bilingüe*. Sus cuentos emplean una prosa fluida y natural. Sus personajes representan seres comunes y corrientes que enfrentan situaciones extraordinarias que recuerdan al lector enigmas de la vida diaria, y algunos evocan sentimientos de quedarse atorado en un lugar, una condición o un problema. Otros personajes adentran al lector a los misterios de la mente, donde la línea entre lo imaginario y lo real se borra. También escribe poesía ambiental inspirada por los paisajes naturales que le rodean y su proximidad al mar, así como poemas que expresan emociones, deseos y sueños. Reside en Oxnard, California, una ciudad costera al oeste de Los Ángeles, sitio de una renombrada fértil llanura que produce ricos campos agrícolas en los que destaca el cultivo de la fresa.